MARC BROWN

ARTURO Y SUS PROBLEMAS CON EL PROFESOR

FEB 0 3 1999

Traducción de Jill Syverson-Stork

Little, Brown and Company

Boston   New York   Toronto   London

**Para Tucker Eliot Brown
Quien sigue ganando
todos los días**

First Spanish-Language Edition
Library of Congress Cataloging-in-Publication Data

Brown, Marc Tolon.
    [Arthur's teacher trouble. Spanish]
    Arturo y sus problemas con el profesor : una aventura de Arturo / Marc Brown ; traducido por Jill Syverson-Stork. — 1st Spanish language ed.
    p. cm.
    ISBN 0-316-11379-4 (hc)
    ISBN 0-316-11380-8 (pb)
    [1. Schools — Fiction. 2. Teachers — Fiction. 3. Animals — Fiction. 4. Spanish language materials.]   I. Title.
PZ73.B685   1994   93-41734

HC: 10 9 8 7 6 5 4 3 2 1

PB: 10 9 8 7 6 5 4 3 2

WOR

*Published simultaneously in Canada
by Little, Brown and Company (Canada) Limited*

Printed in the United States of America

Sonó el timbre.

El primer día de clase había terminado.

Los niños salieron corriendo de todas las aulas menos de una: la número trece.

De ésta, los niños salieron uno por uno, en orden alfabético:

—Hasta manaña —dijo su profesor, el señor Rataquemada.

—No puedo creer que nos haya dado tarea el primer día de clase —dijo Arturo.

—A mí me tocó el Ratón el año pasado —dijo Prunela—. Te compadezco.

—Cometes un sólo error —advirtió Betico Vega— y estás
condenado a muerte.

—En realidad, el Ratón es un vampiro con poderes
mágicos —dijo Cristóbal.

Cuando Arturo llegó a casa, cerró la puerta de un portazo.

—¿Cómo te fue en la escuela? —preguntó su mamá.

—Me tocó el maestro más estricto del mundo —se quejó Arturo.

—Ten una galleta de chocolate —dijo su mamá.
—No tengo tiempo —dijo Arturo—. Tengo montones de tarea.
—Yo me comeré la galleta de Arturo —dijo D.W.—. Yo no tengo tarea.
—Tú ni siquiera vas a la escuela —dijo Arturo.
—Ya lo sé —sonrió D.W.

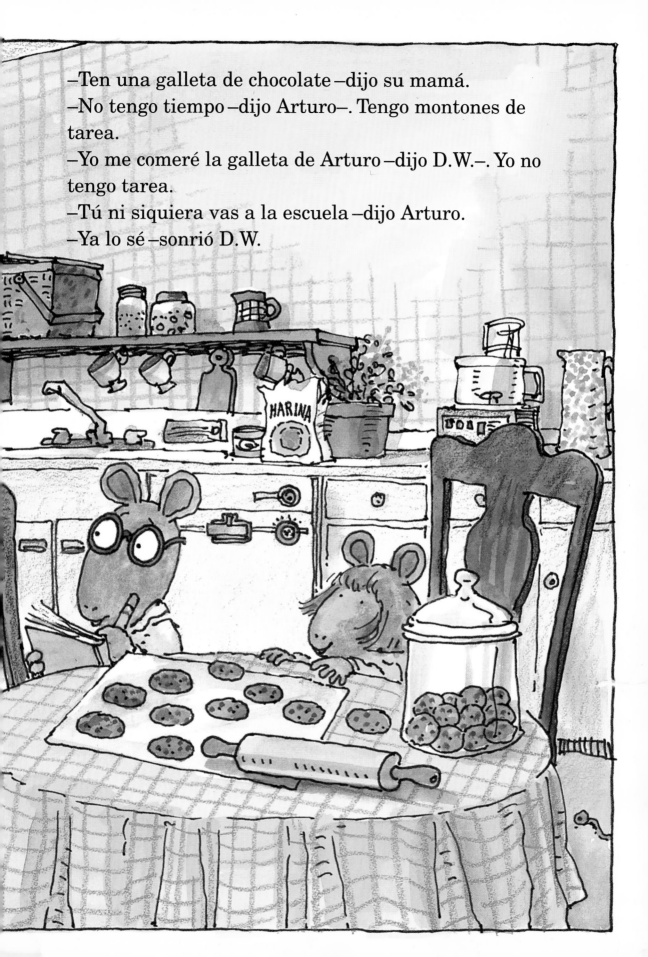

Después de la cena, Arturo todavía estaba haciendo su tarea.

–¿Qué es eso? –preguntó D.W.

–Es un mapa de Africa –dijo Arturo.

–Parece una pizza de pepperoni –dijo D.W.–. El año próximo cuando vaya a la guardería, yo no voy a tener nada de tarea. La señorita Apacible nunca da tarea.

–¡Mamá! –grito Arturo–: D.W. me está molestando.

–Ya es hora de acostarse –dijo su mamá–. Puedes terminar tu mapa de la Florida mañana en la mañana.

–De *Africa* –dijo Arturo.

El día siguiente, el señor Rataquemada avisó un examen de deletreo para el viernes.
—Quiero que estudien mucho —dijo—. Habrá cien palabras en el examen.
Bustelo se puso pálido.

¡Las ranas son divertidas!

–Además –continuó el señor Rataquemada–, los dos estudiantes que saquen las notas más altas representarán a nuestra clase en el concurso general de la escuela.

Esa semana todos los estudiantes de la clase de Arturo estudiaron más que nunca. Arturo pasó mucho tiempo buscando lugares silenciosos donde poder estudiar.

En un abrir y cerrar de ojos llegó el viernes y la hora del examen. Arturo podía oler las palomitas que los chicos de la señorita Aguadulce estaban preparando. También podía oír a la clase de la señorita Burlona que se marchaba en excursión hacia el acuario.

–¿Por qué nos habrá tocado el Ratón? –le murmuró a Francisca en voz baja.

El señor Rataquemada corrigió los exámenes durante la hora del almuerzo.

–Clase –dijo–, la mayoría de ustedes hicieron muy bien el examen. Pero sólo dos de ustedes deletrearon *todas* las palabras correctamente.

Fefa sonrió. A Francisca le dió hipo.

Bustelo acarició su amuleto de buena suerte.

El señor Rataquemada aclaró su garganta antes de decir las notas.

—Nuestros representantes para el concurso de deletreo
serán Cerebro y Arturo.
—¡Aquí tiene que haber un error! —dijo Fefa.

El señor Rataquemada les dió a Arturo y a Cerebro una
lista especial de palabras.
–Sólo tienen que estudiar esta lista de palabras y
estarán preparados para hacer el examen de deletreo
dentro de dos semanas –les dijo.

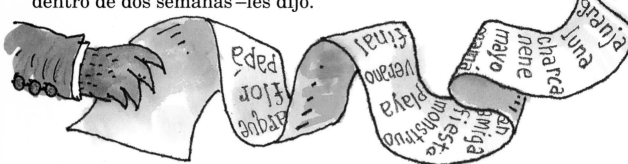

La familia de Arturo le ayudó a estudiar.
La abuela de Arturo le
preguntó las palabras.

–¿Qué tal tu T-A-R-E-A? –le preguntó su papá.
–¿Has hecho la C-A-M-A? –añadió su mamá.

D.W. ayudó también. Cuando Francisca y Bustelo
vinieron a casa, D.W. abrió la puerta.
–Arturo no puede salir a jugar, pero yo sí –dijo–. Yo no
tengo que estudiar.

—No puedo creer que haya llegado el día del concurso —dijo la abuelita.
—Espero que ahora tengamos un poco de paz y tranquilidad por aquí —dijo D.W.
—Buena suerte Arturo —dijeron su mamá y su papá.

Desde detrás del escenario Arturo podía oír a toda la escuela en el auditorio.

—Bueno, éste es el momento de la verdad —dijo el señor Rataquemada—. ¿Cómo se sienten?

—Bien —contestó Cerebro.

A Arturo se le atoró la lengua.

—¡Lo que daría por estar aún en la cama!

El director de la escuela dió la bienvenida a todos y explicó las reglas del concurso.

A Cerebro le tocó primero. Se acercó al micrófono.

—La primera palabra es miedo —dijo el director.

—M-Y-E-D-O —dijo Cerebro, apresurándose al contestar.

—Lo siento —dijo el director—. Incorrecto.

—¿Está seguro? —preguntó Cerebro—. ¿Qué diccionario está usando?

Pero Cerebro no fue el único en precipitarse.
Los representantes de la clase de la señorita Aguadulce
y la señora Burlona también fracasaron repentinamente.
Después de un rato, sólo quedaron Arturo y Prunela.

Era el turno de Prunela.

–La palabra es *preparación* –dijo el director.

Prunela se miró los pies.

–La definición de la palabra, por favor –pidió Prunela, después de un momento.

–Preparación –el director repitió–. El proceso de prepararse.

–Ah, claro –dijo Prunela–. P-R-E-P –se detuvo–,

Entonces el señor Rataquemada se acercó al micrófono.
—Estoy muy orgulloso de Arturo —él dijo—. En realidad,
estoy muy orgulloso de toda mi clase. Todos han trabajado
mucho. Esta es la última vez que una clase mía de tercer
año participará en el concurso. Pero el año próximo
anticipo un nuevo desafío. . .

Enseñar en la guardería.